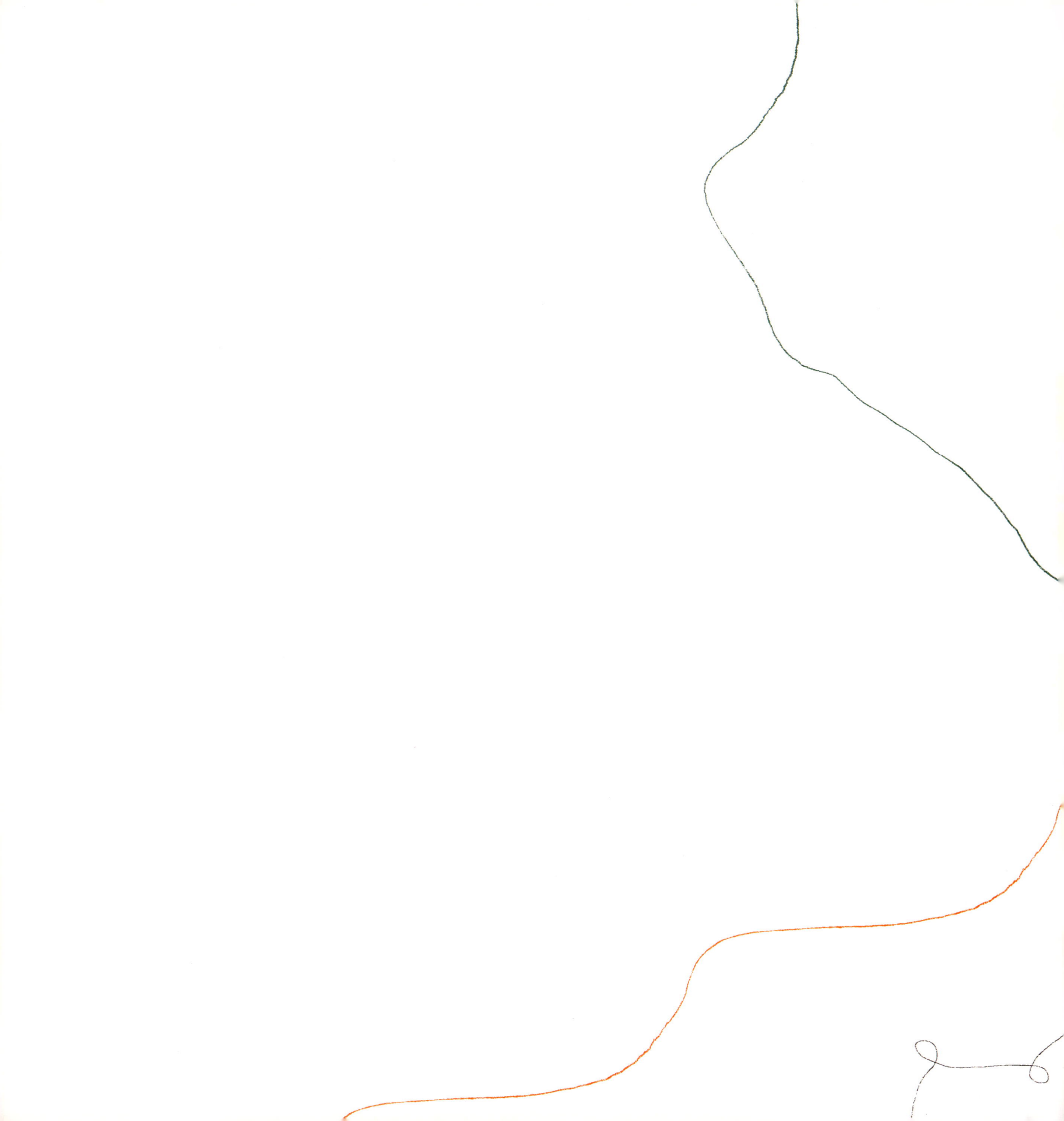

A PROFESSORA DA FLORESTA E A GRANDE SERPENTE

texto **Irene Vasco** • ilustração **Juan Palomino**

tradução Márcia Leite

pulo do gato

Depois de estudar por anos e anos, finalmente a jovem professora teria seus próprios alunos. Mas, ao conhecer o nome do lugar onde iria trabalhar, ficou bastante intrigada:

— Delícias? Na Amazônia? — Nunca tinha ouvido falar desse povoado.

Primeiro foi pesquisar em seu atlas, depois na internet. Descobriu, por fim, que iria trabalhar bem no meio da floresta.

"Não importa — ela pensou — seja aonde for, sempre haverá crianças que querem ler e escrever, e aprender Ciências, Geografia e Matemática. E vou levar muitos livros para ler para eles."

Era madrugada de um sábado quando a professora tomou um ônibus rumo ao interior do Amazonas. A viagem foi muito longa. Ela havia calculado umas vinte horas... mas o percurso durou mais de trinta e duas: as estradas, estreitas e malcuidadas, tinham curvas, buracos e precipícios.

Durante o trajeto, uma amável senhora, com quem a jovem professora havia compartilhado seu lanche, ofereceu que passasse a noite em sua casa antes de prosseguir a jornada até Delícias.

— Rápido, corra! O barco já vai partir! As nuvens anunciam tempestade, e se você não se apressar, os redemoinhos do rio se tornarão muito perigosos — avisou a nova amiga, antes do sol nascer, enquanto lhe ajudava com a bagagem e a caixa de livros.

— Barco? Que barco? Eu não quero navegar pelo rio. Fico muito enjoada e morro de medo de tempestades e redemoinhos — reclamou a jovem, enquanto a senhora a apressava.

No barco, alguém lhe emprestou um pedaço de plástico para proteger o caixote de livros da água do rio, que respingava por todos os lados. Os livros, seu maior tesouro, viajavam sãos e salvos.

Sete horas depois, encharcada, exausta e bem assustada, a jovem professora pisou finalmente em terra firme.

— Por favor, pode me dizer onde fica a escola do povoado Delícias? — perguntou ao rapaz que a ajudou a descarregar sua bagagem.

— Delícias? Nossa, fica muito longe daqui, em pleno coração da mata! O que você vai fazer por lá? — questionou o jovem, intrigado. — Eu posso levá-la em minha moto até a entrada do vilarejo, mas depois ainda terá de caminhar. E, olhe, procure alguém para guiá-la, não se aventure sozinha por aqui, bastam três passos para se perder na floresta. Ah! Também arrume um par de botas de borracha para os pântanos… e para as cobras. Existem muitas delas pelas matas.

Quatro dias depois de sair de sua antiga casa, a jovem professora chega afinal a Delícias. O vilarejo parecia realmente delicioso, à margem de um grande rio.

Cerca de cinquenta famílias indígenas viviam naquele pequeno povoado, e a moça não entendia nem falava a língua dos mais velhos.

As crianças mostraram à professora onde ficava a pequena escola. Ela não tinha paredes, apenas um telhado de palha que abrigava algumas cadeiras e uma lousa apoiada em um tronco de árvore. Animada, a professora logo improvisou uma estante para guardar seus livros, seu maior tesouro e único bem que fazia sentir-se segura onde quer que estivesse. Mais tarde, as crianças a acompanharam até seu novo lar: um pequeno quarto na colina.

Dia após dia, a professora caminhava até a escola para dar aulas.
Seus alunos adoravam a hora do conto. Todas as manhãs ela lia histórias em
voz alta para eles e depois deixava que levassem os livros para suas casas.
Saíam contentes, com os livros debaixo do braço, e a jovem percebia que
muitas vezes os trocavam entre si. Ela também observava que as mães
e as avós olhavam os livros com curiosidade e atenção.

Certa manhã, as crianças chegaram à escola em correria e bem assustadas.

— Professora, a grande serpente está despertando! Ela é perigosa e a escola fica muito próxima ao rio. — Mal a avisaram e fugiram em direção à colina.

— Ei, voltem, crianças, hoje nós temos aula de Geografia! — chamou a professora, na tentativa de detê-los.

— Corra, professora, corra! Precisamos alcançar as terras altas. A grande serpente acordou. E ela está furiosa porque os colonos fizeram construções na margem do rio. As chuvas estão vindo do norte e a grande serpente está se aproximando.

— Não há serpentes gigantes, vocês não precisam fugir, tudo isso não passa de lenda. Fiquem, por favor, temos muito que estudar hoje — pedia a jovem professora.

Como não sobrou uma só criança na escola, a jovem professora decidiu subir até as terras altas. Enquanto caminhava, pensava em como explicaria aos pais sobre a importância de estudar assuntos sérios e deixar de acreditar em tantas lendas.

Não demorou para ver
como o céu escurecia
e os trovões
e relâmpagos
se multiplicavam.

Estava atordoada
e sentia um medo inexplicável.

No topo da colina,
encontrou todos
os habitantes
de Delícias
e se sentiu um pouco melhor.

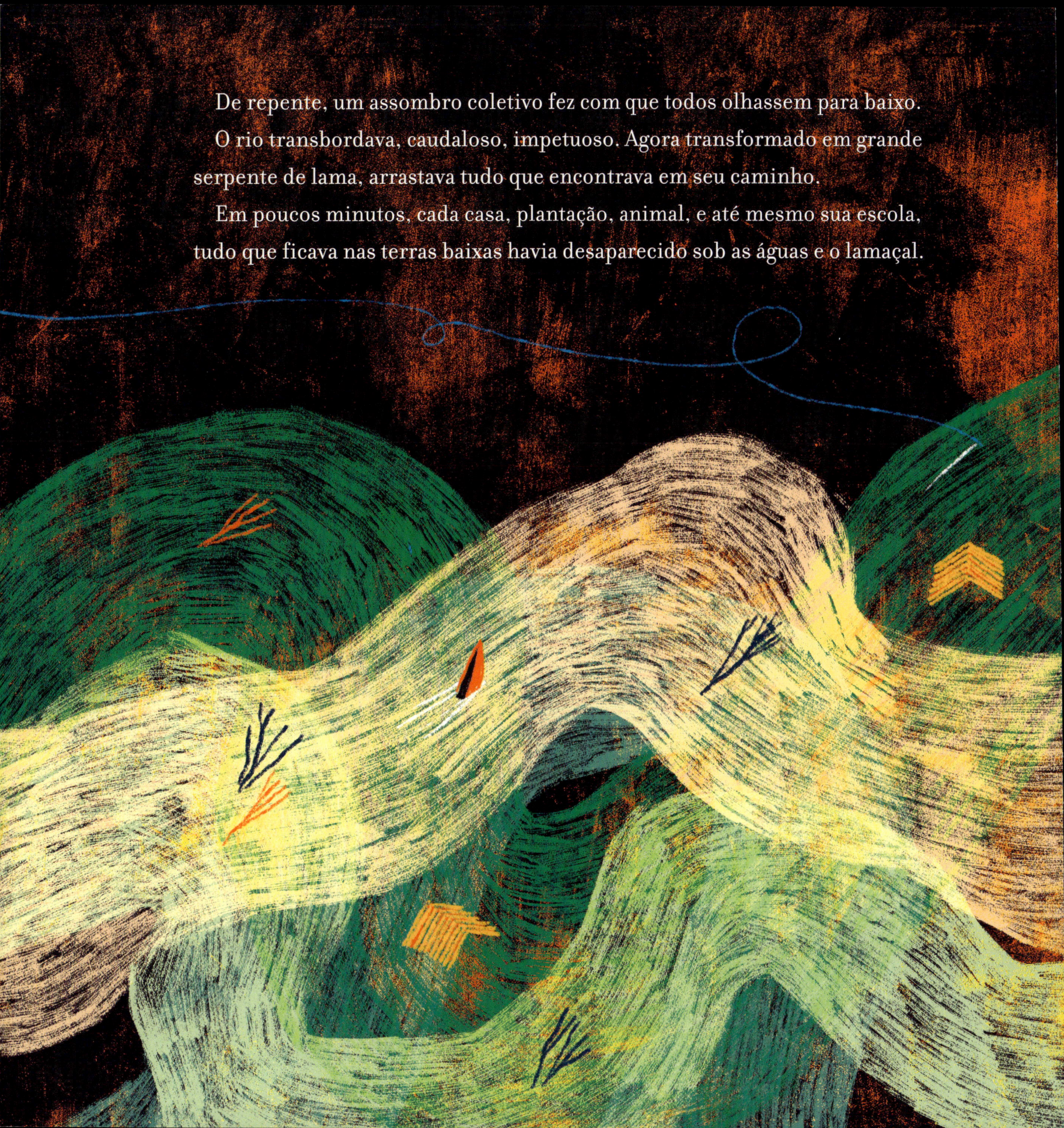

De repente, um assombro coletivo fez com que todos olhassem para baixo.
O rio transbordava, caudaloso, impetuoso. Agora transformado em grande serpente de lama, arrastava tudo que encontrava em seu caminho.
Em poucos minutos, cada casa, plantação, animal, e até mesmo sua escola, tudo que ficava nas terras baixas havia desaparecido sob as águas e o lamaçal.

—**Meus livros, meus livros!**
Tenho de salvar meus livros!
— foi o primeiro impulso da professora.
Mas ninguém lhe deu atenção.

No dia seguinte, embora ainda chovesse, a terra se mostrava fresca e renovada.
A jovem professora, no entanto, não parava de chorar. O que faria agora sem seus livros?

Foi então que viu, bem em frente a seu quartinho, um grupo de mulheres e crianças. Para sua surpresa, observou que as mulheres bordavam lindas imagens em pedaços de tecido branco. As crianças, por sua vez, reuniam os tecidos bordados e os costuravam uns nos outros. Por instantes, a jovem professora teve a impressão de que faziam livros.

Naquela noite, reunidos no calor do fogo, à espera de que a chuva passasse e o rio voltasse ao seu curso, as mulheres começaram a narrar suas histórias. Contaram e cantaram enquanto viravam as páginas dos livros de pano. Como a professora não entendia o que diziam, as crianças traduziam para ela as lendas e as histórias sagradas dos habitantes de Delícias.

Os livros sem palavras falavam de onças, espíritos da floresta, pássaros multicoloridos, caciques com coroas de penas, araras e princesas adornadas com preciosos colares de fitas e miçangas.

Poucos dias depois, graças ao trabalho de adultos e crianças, uma nova escola e uma pequena biblioteca foram construídas.

Agora feita de bambu e folhas de palmeira, a escola tinha lousa, mesa e cadeiras. E, como não podia faltar, um lugar especial para os livros de tecido que se multiplicavam diariamente nas mãos das bordadeiras e contadoras de histórias.

Desde então, as aulas mais importantes eram as das lendas.

A professora pediu às mães e avós que fossem até a escola todas as manhãs para lhes contar as lendas de seu povo. E foi assim que ela aprendeu, graças às crianças, a língua da comunidade. E as mulheres lhe ensinaram a bordar.

A jovem foi cultivando, assim, a arte de fazer livros de pano. E os habitantes de Delícias, por sua vez, puderam conhecer as histórias da professora e o tamanho de seu coração.

Sou fascinada pelos livros de tecido.
Se a chuva os molha, logo se secam.

O mesmo acontece com a bela terra que guarda
tantos mistérios e histórias em torno do maior
rio que atravessa a grande floresta.

Amazônia, reino de palavras de vida: aqui
desejo ficar para todo o sempre.

IRENE VASCO, escritora colombiana, filha de mãe brasileira, é autora de dezenas de livros para crianças e jovens, muitos deles detentores de importantes prêmios literários. Há anos dedica sua vida à formação de leitores por todos os cantos de seu país, ministrando cursos e oficinas de leitura. Participa ativamente de programas dirigidos às comunidades indígenas e camponesas, com ênfase na cidadania e na responsabilidade social. Como especialista em literatura infantil e juvenil, participa de congressos e seminários em seu país e no exterior. Com Juan Palomino publicou o livro *Letras de Carvão*, também pela Pulo do Gato, que recebeu os selos Seleção Cátedra de Leitura da Unesco (PUC-RJ) e Altamente Recomendável FNLIJ (Fundação Nacional do Livro Infantil e Juvenil - IBBY Brasil).

JUAN PALOMINO, formado em Filosofia e Literatura, é ilustrador mexicano e tem diversos livros publicados, traduzidos e premiados. Foi ganhador da quarta edição do Catálogo Iberoamericano de Ilustração e do Prêmio de Ilustração da Feira Internacional do Livro de Bolonha, em 2016. Atua também como coordenador e docente do Curso de Ilustração Narrativa, na Universidade Autônoma do México. Com Irene Vasco publicou o livro *Letras de Carvão*, também pela Pulo do Gato.

© **da edição brasileira** Editora Pulo do Gato, 2021
© **do texto** Irene Vasco, 2019
© **da ilustração** Juan Palomino, 2019

Coordenação Pulo do Gato Márcia Leite e Leonardo Chianca
Diagramação Walkyria Garotti
Revisão Pulo do Gato
Tradução Márcia Leite
Impressão Coan

Título original: *La joven maestra y la gran serpiente*, publicado em acordo com Editorial Juventud, Barcelona, Espanha

A edição deste livro respeitou o novo Acordo Ortográfico da Língua Portuguesa

1ª edição • 2ª impressão • julho • 2022

Todos os direitos reservados à Editora Pulo do Gato

Dados Internacionais de Catalogação na Publicação (CIP)
(Câmara Brasileira do Livro, SP, Brasil)

Vasco, Irene
  A professora da floresta e a grande serpente / texto de Irene Vasco; ilustração de Juan Palomino; [tradução Márcia Leite]. — 1. ed. — São Paulo: Editora Pulo do Gato, 2021.
  Título original: La joven maestra y la gran serpiente.
  ISBN 978-65-87704-09-8
  1. Amazônia - Literatura infantojuvenil I. Palomino, Juan. II. Título.

21-80198   CDD-028.5

Índices para catálogo sistemático:
1. Amazônia: Literatura infantil 028.5
2. Amazônia: Literatura infantojuvenil 028.5

Eliete Marques da Silva - Bibliotecária - CRB-8/9380

pulo do gato
Rua General Jardim 482, conj. 22 | CEP 01223-010
São Paulo, SP, Brasil | Tel.: [55 11] 3214-0228
www.editorapulodogato.com.br
@editorapulodogato

Para nossos irmãos anciãos, sábios cuidadores das palavras, das águas e da vida.

Para as professoras latinoamericanas que ao perseguirem o sonho da educação deixam tanto para trás.

Em memória de Luz María Chapela e Martha Sastrías, amigas e professoras que tanto me ensinaram.

–I. V.

Para Ana, que me mostrou a vida.

–J. P.